JN133416

Sainte Neige

サント・ネージュ　福士りか歌集

*目次

福士りか歌集

サント・ネージュ

ゆるゆると

残雪より生まれしごとく白鳥は群れて雪間の落ち穂を拾ふ

はじめての中学担任

この春の異動さだまり白鳥の北をさすこゑはるけく響く

こよひまた花冷えの夜ふきのたうみそを炒りつつ酒を温めぬ

剪定を終へしりんごの枝々の焚かれて野辺はゆるゆると春

なんとまあフシギな生き物ランドセルを下ろしたばかりの十二歳らは

体育館渡り廊下にひそむ子ら「わっ」と飛び出し「ワーッ」と笑ふ

「オレのこと名前で呼んで」あたらしく父を得し子がぼそつと言へり

あるひとりの欠席言へば「死んだ？」と言ふ　それは無邪気といふのではない

春宵

海沿ひの村に生まれきサワサワと胸底に波の音をたづさふ

水を恋ひ水を見に行く田植ゑまで少し間のある大潟村へ

山ざくら咲く下道に菜のはなの明かりて遠く干拓の湖（うみ）

残存湖といふひそけさよ龍の風かすかにひびく八郎潟は

ひつたりと濡れて春宵いちめんの水揺れやまぬ干拓の村

日照り雨ふる朝の空こぼれくる金のてんてん、銀のてんてん

オレンジの螢光チョーク浮き立ちて六月二十日けふ梅雨に入る

いちめんにさみどりの夏コンビニにペットボトルの新茶居並ぶ

肩パット入りのブラウス着て行けば「あ、昭和だ」と生徒らはしやぐ

ペンだこの消えて久しもぱたぱたと指の腹もて打つキーボード

延々とコンピューターに向き合へば足のあること忘れてしまふ

割られたか割れたかしれず黒板の下にチョークの破片散らばる

「イラッとする」ことの増えゆき「イライラとする」暇なく日々は過ぎ去る

一時間目高三古典（深呼吸して）二時間目中一国語

「先生まだ習ってません。この漢字」さうか漢字は教へるものか

「オレ、砂漠」「私は豪雨」それぞれの疲れを笑ひ学期末に入る

学校を定刻に出て喫茶店にゆく　ああなんて壮大な計画

日の暮れてやうやく深く息をする帰ることすら今日は億劫

一人とは風を聴くことキリキリと幹を抱きつつのぼりゆく蔦

雪の窓

屋久島より焼酎「三岳」届きたりまづは一杯父とお湯割り

グァバの葉に包まれ届く焼酎のほわりと土の薫りまとへり

雪なんて見飽きたはずの生徒らが雪降れば雪の窓にかけよる

はつゆきが冬をまあるくやはらかくすることを知る雪国の子ら

ひとつとして同じかたちはなきものを雪となづけて雪をみてゐる

晴の日に降る雪のやうゆりの根がことりことりと鍋にゆらめく

十六夜の月の明るさ舌の上にゆり根じんわり溶けてゆく夜

ほつくりと炊きしゆり根のほろにがさ甘さののちにくるよ苦さは

夏過ぎて髪伸ばしたる球児らのはにかむやうな卒業の顔

女子よりも男子の多く泣いてゐる卒業式を楽しみて見る

津軽野はけふ晴れわたり白鳥は青空高く北を目指せり

雲晴れてつかの間ひらく空のあを今日さいはひのひとつに数ふ

逃げ水のさびしさ

東雲のそらにふたつの鳥の影はるかなるかなこのさびしさは

〈複雑型異型内膜増殖症〉子宮全摘手術告げらる

今この時ふつふつ増ゆる細胞のあらむか真夜に耳をすませる

さ乱れてきしりきしりと息をあぐ麻酔さめたる夜の黒髪

くらげなしただよふあした目覚むれば白き小箱のやうな病室

ひと椀の粥すするときわがためにあらぬ祈りが身をつつみゆく

灌注器より滴下する薬液を皮下静脈に入れて消灯

月影の窓ごとにさす病廊のある夜(よる)は逃げ水のさびしさ

空洞を抱ふる幹のごとく立つひこばえ萌ゆる春を待ちつつ

何を話すわけでもなくて午前九時父は毎日見舞ひに来たり

お互ひに緑内障なる父とわれと眼圧数値など教へあふ

病室の窓押し開く三月尽　入れ籠のやうに彼方まで雪

腹帯をまき直すことに慣れてけふ術後七日目退院を決む

大きくならう

蟹（キャンサー）のゐなくなりたる潮だまり月の夜にはさざ波が立つ

花屑の道あゆみゆくしばらくは朧の春に身をゆだねゐむ

恋は「孤悲」なみだは「恋水」万葉の仮名ほろほろとこぼれて落ちて

山ざくらの森あるあたりほの白くひかりてはるか岩木嶺そびゆ

夕影の差し込む春のバスルーム姪つ子ふたりと百までかぞふ

素裸にひかり浴びつつやさしみて撫でるふるふるふるふるふ二の腕

こんにやくのやうにはづめる姪ふたり抱けばつるんと腕すりぬける

子ら遊ぶ「たべものしりとり」みるく・くり・りんご・ごま・まめ　大きくならう

広告のちらしの裏に鳥を描き五歳児は言ふ「これはおもいで」

今日は「あ」が書けた記念日だれもみな日々天恵を受けて生きゐる

抱擁をするに時あり抱擁を解くに時あり　鳥雲に入る

ギリリガララ

相聞の森めぐりきて一本の思惟の木に会ふイギリス海岸

鶴嘴と金槌を持ちカミナリリュウさがす賢治のゐさうな水辺

恐竜も疲労骨折せしといふ叉骨(さこつ)病みたるティラノサウルス

翼竜を吊るピアノ線ある夜は月のしづくを降り零しゐむ

白亜紀の地層に今も眠りたり三陸海岸モシリュウの骨

どれくらい旅を重ねてゆけるだらう草の海には草の魚(いを)棲む

蒲焼きの飯を好みし百閒の鰻捨てたる豪儀思へり

つゆ草のつゆをお飲みよ暑き夜をギリリガララと鳴くアオガエル

夕靄のしだいしだいに濃くなりて今はこの世のまんなかあたり

砂鉄ふるごとき真夏夜払ひても払ひても身にまとひつく闇

風立たぬ真夜に歩める水の辺に野鯉ぎらりと反転をせり

おやすみの語尾

海外語学研修引率

おほいなる愛情こめてサルと呼ぶ十五歳らと赤道を越ゆ

カルガモの母さんみたいに連れ歩くパスポートもつ四十の雛を

日本時間午前三時の機内食横一列に首をならべて

老婦人の髪のむらさきジャカランダの花シドニーの街に満ちたり

たちまちに霧の籬（まがき）の払はれてむらさき煙るジャカランダの花

シドニーに春はきたれりアルパカのショールをはづす十月の海

オペラハウス見つつ渡れる夜の海かもめは岸に着くまでを添ふ

生徒らをホームステイに送り出し素足であるく海沿ひの道

三度目のシドニーの夏シェルクラブのおいしい店は教会の先

想定せぬ終末ならむソーセージになり果てにけるクロコダイルは

教師でも娘でもまた恋びとでもなくてのんびりさみしい時間

家居する父また祖母の夕食を思へば揺れるテーブルキャンドル

北半球より届きたる「おやすみ」の語尾おだやかに余韻を残す

マニキュアを落とせば短き旅の終はり乾いた爪に馬油塗りこむ

晩秋の日暮れのやうに眠りたり旅行鞄を太らせたまま

稲田屋のワンタンスープ食べにゆかむ長袖のシャツかるく羽織つて

雪千里青空千里

雪千里青空千里かげりなく恋ふるこころのごときまばゆさ

火のかたち見えねば寒いといふ祖母の部屋に置きたり朱のシクラメン

聞かざればさみしく聞けばなほさみし雪の暁わたる白鳥

とりどりの愚痴を聞きつつわが内にあるシュレッダーせはしく動く

御徒町燕湯までは十二時間寝台列車「あけぼの」よろし

燕湯の壁にゆず湯の知らせあり師走半ばの日のあたたかさ

ささめ雪

浦霞きりりと冷えてこの年の寒九の水としていただきぬ

日脚伸ぶる二月のゆふべ綿雪はみぞれとなりて街を濡らせり

白鳥の群れすりぬける風あらむ一羽くらりと右へと傾ぐ

「間違ったら謝ればいい」すこやかなる感想を聞く『こころ』の授業

Kはなぜ死んだのだらう生徒らに問ひつつ思ふ罪といふこと

利己心といふ言の葉が胸をさす驟雨のごとく降るささめ雪

生徒らに愛の対義を問ひながらふと立ち止まる愛そのものに

ほの見えるテールランプを目印に吹雪の朝を車走らす

しろがね凝る

百年の古木の幹にひらきたる胴吹桜の蘂(しべ)のあかるさ

ゆでたての子持ちガサエビ滋味にして花に先駆け一献かかぐ

北国の春のごとくに噴かむとす濁り酒「雪華」そろり開けたり

降る闇と湧く闇ありて水の辺に延びる桜のしろがね凝る

水底にしんとしづまる桜森のぞけばしんとのぞかれてをり

若草をそよがすほどの風が立つひとつの影が身を分かつ時

忘れゐきわれが楽器であることを露を宿せる草であることを

水底より引き上げられしたましひの出会ふひかりを恍惚とよぶ

乾燥キャベツ

指導案いくたびも書き直したり栗原貞子「生ましめんかな」

淡々と朗読をせり生徒らの耳に「平和」がぶつからぬやう

6Bの鉛筆で足す眉化粧あわただしき日のつづく放課後

自己破産したきゆふぐれ百枚の漢字テストを四日分積む

邪剣、といふ答へに○をつけてしまふ険、よりたぶんリアルに近い

生徒らに声をかけられ抱きつかれお菓子をもらひ元気をもらふ

ふくふくと乾燥キャベツふくらんでがんばつてゐる即席スープ

秋葉原で見つけしシール「土日以外挫折禁止」を若手に配る

この秋は桜もみぢの色あはく寂しきみどりあることを知る

今日が今日であることが腑に落ちないとコトリと祖母は首を傾げる

寂しさの果てなる眠りきのふけふわからぬ祖母が寝息たてをり

居眠りて目覚むるたびに日めくりをめくりて祖母の一年早し

日の暮れの早き十月柿の実をかごに満たして居間に置きたり

半分を服に食べさせ時々は床に食べさせ祖母のかぼそさ

水の匂ひ

篠山（ささやま）の若き陶工逝きにけり西端大備（にしはただいび）三十四の秋

篠山の春のみどりを抱くやうなビロード釉の杯を干す

一合が二合となりぬカリコリと鰻の骨のかけら嚙みつつ

いまどんな後ろ姿をしてゐるか朱夏すぎて入る白秋のみち

いつかわれが去る人となる　秋風のたちて降りしくもみぢ、ことのは

うすあをき空をしづかに風わたり水の匂ひが満ちてゆく秋

「おやすみ」のあとに絵文字を打つことのくすぐつたくてわれは中年

ほにやらほにやら

雪あかりまた月あかり一本の木となりて聞く冬のしづけさ

雪をかく手を止めて見る朝の月ほうと息つきまた雪をかく

長靴のなかで脱げたる靴下のほにやらほにやらに耐へて雪搔く

有明の月は真冬の季語なりと思ひつつ搔くほの青き雪

角立てて凝るメレンゲさつくりと割るやうに搔く二月の雪を

夜となく昼となくただ眠りたり深雪（みゆき）野原を漕ぐやうにして

寝返りを打たむとすれば熱に渇く身のふしぶしが音を立てたり

新雪を波紋のやうに押し流し乾いた雪が野をわたりくる

「乳穂ヶ滝凍れば今年豊作」とわれらことほぐ厳しき冬を

冬晴れの庭に遊べる寒すずめふくりふくりと光を吸へり

しづくを抱いて

二〇一一年三月

雪重りする暗き空ぎしぎしと音たてていま張り裂けむとす

滔々と流れゆきたり雪解けの水はかすかに風を起こして

ゆらゆらと地を揺らしつつひそやかに濃闇のごとき時の降りくる

さくさくと胡瓜きざめり薄れゆく夕かげのみを灯りとなして

晩冬の淡きひかりを頼みつつ冷えし白飯ゆつくりと食む

ゆふぐれの雨はさやかに霧を呼び山並みとほき哀憐のごと

濡れたまま乾かぬ心おろおろとひと日ひと日を過ごしゆくのみ

降る雪のしづみてはまた降りつもりミルフィーユのごと層をなしたり

青々と広がる去年（こぞ）の冬の空ずおんと屋根の雪すべり落つ

三月の雪はしづくを抱いて降る林檎の幹をあかく濡らして

まあまあ

保健室にて

春の野にひかり浴びつつ消え残る雪塊(ゆきくれ)のごと少女の恋は

逢ひたいとつぶやく声の切れ切れを満たしてしづか加湿器の音

ほつそりと空に伸びゆく桐のやうあをく翳りて少女眠れり

教へ子の子を教ふるといふことの増えていよいよ残り十年

友を連れ恋人を連れ子を連れて卒業生が訪ね来る夏

湯葉をすくふやうに抱きとる教へ子の胸からわれの胸にみどりご

くちづけをすればば目覚めむさくらいろの頬ふくらかにみどり子眠る

くつたりと四肢をのばして眠りゐる子のやはらかき重さをいだく

教室にて子猿のやうにはしやぐ子がノートに自分の墓を描きをり

いたづらをガンガン叱ればまあまあと肩もみにくるクラス委員長

コクるといふ言葉とびかふ春うらら十四歳の背丈は伸びて

浜梨の実

朝イカのなかば透きたる身のしまり切られてのちをきゆんとうごめく

ふるさとの盆の楽しみ葡萄の葉につつむ赤飯、祖母の粥(け)の汁

この家にて産声あげき八月にうぐひすの鳴く山里の家

リポビタンD、お〜いお茶、コカコーラ次々に出す里のもてなし

鴇色のあぢさゐが咲く常念寺に霧雨のごと夏の日が降る

菩提寺は幼き頃の遊び場所とむらひは褻（け）のなかにありたり

浜梨の実を摘みにゆく立秋を過ぎてすずしき波のたつ浜

浜梨のあかい実あをい実十三をつらねて盆の数珠をつくりぬ

松山の夏

七度目の松山の夏八・一九の日に若く燦めく言葉に会はむ

愛用の陶枕(とうちん)を見せ陶枕の句を披露せり開成男子

＊開成男子…優勝した開成高校生

中州のごと路面電車の駅はあり夏の空気を漕ぎつつ渡る

夜学生の主食でありき滋味ふかき労研饅頭ゆつくりと噛む

猛暑日に出会ひし「雪一」の涼やかさ伊予純米酒「雪雀」の冷(ひや)

化石珊瑚

パリの町に西日あまねく降り注ぎほろほろと化石珊瑚の白さ

日の落ちて暗き輪郭もどり来る広場より道は放射に延びて

冷え入りし三月のパリ焼きたてのバゲットの香が胸をぬくめる

バスティーユに収監されし「百科事典」知は革命の源ならむ

常設の市場に肉の臭ひ満ち薔薇の花びらくつたりとせり

宿り木のいくつも胸に棲むごとき恩讐ありて降りしきる雨

ザクロ熟れて冬日のなかを輝けりやさしく触るる手を待つやうに

雲間より光は投網となりて降るジョルジュ・サンドの小さき墓苑

パリの空に月のぼりたり国境を越えて想ひの磁場は広がる

問ひかける窪みと隆起オーギュスト・ロダン「ダナエ」をながく見飽かず

窓のなきダリ美術館溶けかかる時計を負ひて撓む馬の背

鬣の燃ゆるキリンは永遠に墜ち続けたりダリの崖より

雨の音を聞きつつ沈みゆく眠り底ひに広き胸あるやうに

「謝罪の王様」

どうでもいいところで泣けた日本へ帰る機内のコメディー映画

眠る白鳥

長い長い北への旅の近からむ首をからめて眠る白鳥

定年ののち二十年無為といふほかなき生と父はつぶやく

風の音ストーブの音聞きながら父とふたりの夕食しづか

花びらの縁より少しづつ朽ちてベニツバキみな仰向きて落つ

玄関に入らむとすれば聞こえくるマイルス・デイビス父の部屋より

「ただいま」と声を放てばさわさわと春のゆふやみ動く気配す

やさしきつぶて

弘前公園三の丸庭園

ひぐらしといふ名の桜咲き満ちて春のゆふべの光やさしき

晩春のひかりを写し取るやうに鬱金ざくらの花心あかるむ

葉脈のごとくくれなゐ走らせて桜はなびら熟れて散りたり

散り終へていちめんの白公園のベンチのうへに枝の影揺る

おだやかに眠り兆せり立ちのぼる水沫の音に身をつつまれて

薄墨の桜が息をはきてゐむ朝靄ふかく花にまつはる

触れさうで触れぬ指さき　水際の桜はあをき光をまとふ

散華とはやさしきつぶて花吹雪の奥にひらける彼岸の扉

赤きメガホン

全国高等学校野球大会青森県予選

声援は潮のうねりのやうにして無死満塁の打者を迎ふる

背番号「1」を背負へる「一戸将（いちのへしやう）」ぽややんとした少年なれど

あどけなさをこの瞬間は消しきってマウンドに立つ「一戸将」は

「甲子園」の引力強し一〇〇〇人が青空に振る赤きメガホン

どっしりと大地に足をつけて立つ球児らに送る声援すこし時雨るる

甲子園大会初出場

かちわりの氷またたくまに溶けてまばゆきばかり甲子園の陽は

女子部員ひとりを入れて創部せし野球部いまし甲子園に立つ

甲子園野球を楽しむ選手らの百喜一憂、千喜一憂

炎昼のグランドに立つ選手らの頬ちりちりとりんご色せる

一塁側アルプススタンド「津軽から日本一」の旗ひるがへる

一ファンとなりて生徒の名を叫ぶ九回の裏二死走者なし

蟬しぐれ

旅にゆくと告げれば命の洗濯をして来いと言ふ　父よあなたこそ

行く先は告げず出で来ぬ北上駅0番線に降る蟬しぐれ

「仙人」といふ駅のありアジサイの花みつしりと咲く無人駅

露天湯の葦のすだれをとほりきて夏日ましろに胸を照らせり

矢印のやうに降りきし夕立のやみて全山蟬の響けり

夜半の雨は束より糸に変はるらむ星生むやうな吐息の彼方

傾ぎたるヤマユリが身をふるはせて雨をはらへりゆふべの雨を

濁流が清流に変はりゆくまでを見終へて夏の高原を発つ

彼岸の畑

母と祖母ねむれる墓を磨きたり木もれ日に身をつつまれながら

下北より真夜を急いで来し祖母を待たずに母は直前に逝く

ただ一言「りゑ」と名を呼び泣きゐたり母の頭を撫でつつ祖母は

しみじみと母の最期を思ひつつ夏のゆふべにひとり墓参す

「クジナモツ」と札の貼られし冷凍の「鯨餅」貰ふ　ここがふるさと

辺境の農に生きたる叔父夫婦の生は褻の生　無名者の生

いま会へぬことを死といふ母も祖母も彼岸の畑で草取りをらむ

霜月に入る

ふるさとの駅のホームに降り立てば稲の匂ひのかすかただよふ

洗ひ髪のしづくが胸を濡らす秋きのふといふは遙かなる過去

雨雲のずうんと重し丸飲みをするやうに山のいただき覆ふ

ゆふべには降りくる雪かカーラジオにぢりぢりと音の網かかりたり

バックミラー覗けば見知らぬ街なれど入り口はたぶんどこにでもある

蓋付きの一合ちろり鈍色のひかりいとしみ霜月に入る

パック酒注ぎてちろりを湯に浸し泡ふたつみつ浮くまでを待つ

寒気すこしやはらぐ冬の中空に裸身をさらす月の明るさ

冬の陽に圧さるるごとく沈みゆき層をなしたり道の辺の雪

大寒の雪雲ひらき青い鳥群れ飛ぶやうな晴れ間ひろがる

アイドルのまた政治家の総選挙いづれ激しくいづれ他愛なき

ホタルイカ青く灯れる夜の海を思ひつつ飲む敦賀の酒を

代赭色に染まるゆふべの街川に白鳥一羽また一羽降る

この冬の雪の重たさシャクナゲは支柱もろとも土に臥しをり

春といふ字

春といふ字を二十ほど書いてごらん雪解け水の音がするから

きぬずれの音のごとしもさやさやと言葉の森をひらきゆく子ら

てのひらにゆらんと馴染むまで使へ国語辞典の使ひ方指南

聞こえくる雪解けの音新入生三十人が辞書を繰るとき

雲ながれ月かがやきてひとりきり小公園のブランコに揺る

一夜ごと緑濃くなる木々と思ふ菜の花いろの月光浴びて

アブラ菜の黄（きい）の花々咲きみちて垂れこめむとする雲を押し上ぐ

火を消すのは火じゃないかしら草の香のするズブロッカひといきに飲む

ミモザ

六月の風は氷室の涼やかさ浅き眠りの朝吹き抜ける

カリカリと皮香ばしく紅鮭の焼けて良き日の始まる予感

咲き初むるミモザの花の花房を月曜の風かすかに揺らす

やはらかき光の滝となりて降るミモザまばゆき一本の森

月光のやうな緑の風のやうな薄衣まとふアカシアの木は

濃く薄く谷を流れる山の霧神の裳裾のなびきと思ふ

「あなたはなぜ歌を詠むの？」と聞かれたりワイン飲みつつ　宮英子さんに

はつなつは藍のひといろ六月の天草（あまくさ）おもふその深きあを

一本の川

台風の逸れて降りつぐ朝の雨テールランプの赤が息づく

おにぎりのアルミホイルを丹念にのばしてたたむ　捨てるのだけれど

足弱き祖母おもむろに立ち上がり深く礼をす白寿の朝に

たほたほと波打つ祖母のほそき腕ささへてけふは五十歩あゆむ

もぎたてのキュウリそのままかじるとき胸をはしれる一本の川

故といふ字ちいさく戴せて陽子さん「コスモス」三七ページにをり

雪かづく岩木の嶺をおもひつつ眠る歌なり陽子さんの歌

つひの衣裳つひの音楽つひの写真すべてそろへて陽子さん逝く

どんよりと曇る真夏日ソーダ水の泡凍らせて空に撒きたし

それぞれのてのひら開き中一の子らが蒔きたる向日葵が咲く

秋の入り口

授業中こくりと居眠りする子らは秋のはじめの稲の穂の揺れ

今はまだ風にあらがふ堅さもて若すすき立つ秋の入り口

薄明かりする秋の朝うつすらと耳を濡らして野良の猫ゆく

炭の香のかすかただよふ鼠色の雨にけぶれる秋の細道

ひそやかに火をつぎゆかむ晩秋の冷えここちよく晴れ渡る空

中骨をはづせば湯気のたちのぼる露寒（つゆさむ）の夜に焼くシマホッケ

燗酒のほどよき温み身にしみてゆるゆると水の底をただよふ

マグカップ両手でつつむ冬晴れはセイタカアワダチソウのしづけさ

箱の中にまた箱があり、箱があり、開け続けたり夢の中にて

玄人のごとき顔して観戦すバドミントン部監督われは

傷みたるシャトルの羽根を丹念に指で撫づれば息づくごとし

出し切れず残る力の重たさにうなだれてをり敗けし少年

水鳥の水に浮くごとフロアーにシャトルは白き影を置きたり

豊　盃

雪煙の微細気泡のごとくたち岩木の嶺に春は間近し

土地の酒飲めば力のふつと湧き生きむと思ふ三月なかば

地酒三首

舌のうへをさらりと滑りそののちに華の香のたつ吟醸「豊盃」

雪国のをみなの肌のなめらかに吸ひつくやうな純米「豊盃」

しんしんと冷(ひや)の酒よしほろほろと燗の酒よし本醸造「豊盃」

窓といふ窓を鏡に塗り替へて新幹線をつつむゆふやみ

滑走路に降りゆくごとしほつほつと明かりのともる新青森駅

みちのく

一斉に芽吹く力の野に満ちて逃れてひとり海を見に行く

この雨は明日のひかりに続く雨つつじは衣(きぬ)を脱ぐやうに散る

柏崎驍二さんへ　旋頭歌三首

やはらかな春の陽ざしのゆきどころなし北にひらく窓のひとつがけふ閉ざされて

いまもなほ耳に残れる「更級日記」みちのくのなほ奥つ方に生ひ出でし人

故郷にて生きゆく力を教へられたり　みちのくに百たびの雪百たびの花

ベンセ沼湿原に朝の風わたるニッコウキスゲは霧を生む花

落日は風をともなひ風はまたほのかに夜の香をはこびきぬ

みどり濃き尾根の屈曲あらはにし夏の岩木は青年の貌

ハナミミズ

泣ききれず泣きやみきれず六月の空こきざみに肩をふるはす

大漁旗たなびく仮設商店街歌津(うたつ)の町に祝ひ歌ひびく

朝凪の海にひかりの道ができる日の出まぶしき三陸の海

ひぐらしに合はせ鼓を打つやうな音の楽しもゆふべのテニス

「ハナミミズ、ハナミミズ」三歳が唄へば素水（さみづ）のやうなハナミズ

われの裄(ゆき)、裑(みごろ)、着丈の記されて「和裁手帖」は母子手帳めく

姉は桔梗、妹は藤　母が縫ひし浴衣を今日は姪たちが着る

瀬戸内のレモンざくつと切り分けて夏の飛沫を思ひきり吸ふ

さみしくはないけれど猫、　猫を飼ひたくなつたさみしさ

すげねして

平成二十八年八月一日　百歳の親族祝賀

杜子春の馬の目をしてしばたけり今日一〇〇歳を迎ふる祖母は

車椅子は玉座のごとしもの言はずただまつすぐに前を向く祖母

一〇〇歳の祝賀に集ふ親族の笑みつつ生前葬の寂しさ

当歳の子を膝に置き一〇〇歳の祖母は写真のごとくしづけし

九月二十一日午前十一時二十五分逝去

DMの軽さをもちて祖母の死を告ぐるメールが届いてをりぬ

穏やかに一〇〇年の幕を下ろしたる祖母の肌(はだへ)のしろく美し

若き日の祖母のくちぐせ「すげねして」一〇〇歳の今ただ深く眠る

＊すげねして…もの寂しくて

眠るやうに眠れる祖母の永遠(とは)の眠りけふ秋晴れの空の深さよ

一〇〇年を生ききりし祖母けふよりは「壽苑百萩大姉」となりぬ

尊ばれし太郎かはいがられし次郎あととり息子は秋のさびしさ

菊なます茗荷でんがく祖母の好きな秋の味はひ仏膳に盛る

大風にポプラなびいてゐるやうでじつと動かぬ枝のなかほど

晴れては降り降つては晴れて秋の日のセイタカアワダチソウのささ揺れ

香ばしさまだやはらかく若稲はくすぐつたさうに雀と遊ぶ

新しい葡萄酒は新しい革袋に入れるな　秋のあさつゆだから

き・ず・な

「きょうりょくしずっと仲良しなかまたち」赤いチョークで書かれたき・ず・な

「いじめなんてマジありえない」このクラスみんな明るく冗談が好き

「オレたちは親友だよな」その後でジュース買って来いって言うんだ

悔しくて泣けば泣いたと笑われて笑われるだけの教室にいる

春が過ぎ夏が来て秋が来て冬が来て春になる　遠い卒業

〈one for all,all for one〉 先生が言うたびゾワッと増えるイラクサ

「あの先生ウザイよね」 って女子たちが言い始めたから次は、 先生

「先生が担任でオレらよかったよ」 熱血教師は笑顔に弱い

てのひらにチョークで書いた×印「先生オハヨ」と背中をたたく

白きモビール

きんいろのグァバ酒届きて津軽野に雪　はるか薩摩の屋久岳に雪

裏方の神のあるらむ雪籠を揺らして雪を降らせる神など

いつまでも肌着の湿りあるごとく大寒の雨は雪よりも冷ゆ

冬の糸に吊られて空に低く浮く鷺は真白きモビールとして

白象の群れゆくごとし冬雲は降りきれぬ雪を抱へて重る

十代の山口百恵の声のやう二月なかばを降る牡丹雪

キッコーマンを亀甲萬と書くときに小暗き江戸の醬油倉顕つ

連結する列車のごとくキクキクと車が進む朝の雪道

万太郎の湯豆腐おもふ昭和歌謡聴きつつほそく声を出す父

如月のうすやみに灯をともしつつただ黒白（こくびやく）の野辺のしづけさ

穏やかに火をつぐこころ一人居の部屋にうつすら冬の陽はさす

でんぷんを茶碗に入れて湯で溶かし砂糖を加ふ母のせしごと

ヒートテックシャツを重ねてなほ寒し微熱といふは静かなマグマ

弾倉のごときリレンザ吸入器まはせば時針のめぐり速しも

雪しまく昼におぼろの日のひかり病みて白夜の森に眠る

カミーユ・クローデル

花季終へしシクラメンの鉢メデューサの髪のごとくに茎の放埒

花殻をこぼしたるのち浅黒く捻れ捩れるシクラメンの茎

次に咲くつぼみのためにシクラメンの花茎引けばスッと、あつけなく

うおんうおんと蒼生ひつぎ花どきを過ぎて余命のごときいちりん

おもむろに褪せてちぢれて真つさらな花びらもまた老いのただなか

巴里へ行くたびに訪ひたりカミーユのたましひ惑ふロダン美術館

カミーユの彫像「クロトー」弛(たる)みたる皮膚は流れて胸から腰へ

恋情を思へば巴里の風が吹くセーヌ左岸の路地ぬける風

片ひかりさす

寒気すこしやはらげば雪はたちまちに湿りを帯びて泥の重たさ

寒立馬（かんだちめ）の睫やはらかく凍り春の潮（うしほ）を岬に待てり

雪びさしある信号機月の夜は半跏思惟像の面差しに似る

降りきつてしまつたか雲ひとつなく春の粒子が空にきらめく

ある花は咲きある花は萎れさう片ひかりさす冬の教室

この花には愛10グラムこの花には夢3グラム混ぜて水遣る

会ふたびに抱きついてくる女子生徒こつそりわれの脇腹つまむ

この冬もお疲れさまと言ふやうにスノーブーツを春陽にあてる

ひつたりと濡れたシーツの冷ややかさ生徒のをらぬ春の廊下は

産卵のやうに花びら降りこぼすソメイヨシノは百年生きて

丘いちめん林檎の花の咲きみちて津軽に夏の雪降るごとし

六月を味方につけて生徒らは褐色の肌に汗をにじます

くつ下を脱げばましろき足首のまぶしいばかりテニス部の子ら

体育祭果ててかびろきグランドを雉のつがひがのんびり歩く

格下に敗ける日はきて痩身の塑像のやうにノバク・ジョコビッチ

生徒からパン食ひ競争のパンをもらひ走ることなしアラフィフ教師

似て非なり

山霧を抜けて突き立つタイタンと思へり白亜の発電風車

薪ストーブ外すことなき下北の夏あをあをと稲穂揺れをり

原発が決まりて建ちぬ海賊（バイキング）の兜のやうな村の議事堂

東通（ひがしどほり）村を抜ければ六ヶ所村　産院・斎場並べるごとし

下北と下北沢は似て非なり　原発ひとつくらい譲らむ

再処理と再生処理は似て非なり　日本再生、日本再処理

カタカナで書かるる地名かぞへ上ぐヒロシマ、ナガサキ、フクシマ、ニッポン

あいまいな絶縁として「いつか」はあり六年積まれしままの除染土

せかいいち

青森の短き夏を吸ひ込んでりんごの蜜は陽だまりのいろ

とき・つがる・ほくと・せんしう・ゆきのした・いはひ・わうりん・ふじ・せかいいち

雪国の一音で済むエコ会話りんご片手に「食（く）？」「食（く）！」「美味（め）？」「美味（め）！」

水の香のする早生りんご〈夏みどり〉盆のゆふべを涼しく照らす

おほははの一周忌にて寄り合へるかぎりのうから寄り合ふ此岸

縁側で猫を抱きつつおほははの百年動きし心臓おもふ

「お前にもいつかはわかる」おほははが言ひたる老いを徐々に味はふ

コンタクトレンズをやめて眼鏡に換ふ息がしやすくなつたやうだよ

目に見えぬ「頂戴」または「拝借」を返してゆかむ還暦ちかし

カナダの虹

十五歳十八名と十時間飛んで今しも降り立つカナダ

横綱を「スモーキング」と訳す子らバンクーバーの青空のもと

メープルの落ち葉を拾ふたび揺れて秋陽をかへす少女らの髪

渓流に魚の影をさがすごと英語聞きをりカナダ二日目

旧友に会ふ心地せりはるかはるかバンクーバーの歌詠みに会ふ

カナダにて歌詠む人ら調ひて美(は)しき日本のことばを話す

七名が集ひて歌を語りあふカナダに秋の虹かかりたり

天の鳥船

ミサイルが発射されたと荒人（あらうと）の雄叫びひびく津軽の野づら

竹槍で空突くごとしミサイルより逃げよと告ぐる防災訓練

「ミサイル発射！　地下街に逃げてください！」とテレビ連呼す　これは本番

一線を越えるかどうか最大の関心事としてジョンとジョンウン

政界にスネオ、ジャイアンあまたゐてこのごろ目立つのび太としづか

『浮世物語』

違ふだらう禿げは罵り語にあらず「然(さ)のみに禿げをしかり給ふな」

青森県北津軽群鶴田町

鶴田町「ツルリンピック」禿頭に吸盤つけて糸を引き合ふ

禿頭を描く盲(め)暦(ごよみ)半夏の日つゆあけ告ぐる北のあかるさ

『北窓集』ひらけば落つる公孫樹の葉ふたとせを経て褪せることなし

「北」といへば不穏な気配ただよへる現代（いま）の無念さ　北窓ひらく

秋来ぬとさやかに知りぬ味噌汁の湯気がメガネをくもらせる朝

エリンギをさくつと切れば切り口は湯上がりの胸のやうなしつとり

朝の日に祈り捧ぐるかたちして白きすすきのしんと佇む

いちめんにこがねのひかり津軽野の秋空わたる天の鳥船

くりかへす冬

全国国語研究神戸大会に父を伴ふ

食ほそくなりたる八十二の父と神戸を訪へり神戸牛食めり

灯らざる夜のありしこと思ひつつポートタワーを見上ぐしばらく

夜景とは夜景の外で見るものと夜の神戸に紛れて父は

神戸YWCA救援センターにてボランティア

三宮駅を抜ければキュルキュルと二十二年を巻き戻る時計

ただひたすら歩き歩きてブルーシートの「家」を巡りき神戸長田区

支援物資仕分けをすれば不要品のやうなる衣類多く積まれき

おづおづと支援物資を求め来し婦人のありき「口紅あれへん？」

パンなければ命つなげずパンだけでは心つなげず　くりかへす冬

サント・ネージュ

天気雪降る日曜日ゆつたりと読みたり歌集『あけがたの夢』

『鳩時計』読めば家族の時を刻む母さん鳩のふつくら思ふ

「多磨」そして「コスモス」と歌を詠まれきし歌びとの歌こころにしまふ

歌を詠むわけを今なら言へさうです英子さん　生を愛ほしむため

綿のゆき、天鵞絨のゆき、絹のゆき　日ごと華やぐ冬の裸木

足先の冷えて目覚むる午前四時けさ掻く雪を思ひ目を閉づ

積む雪の底ひに湖（うみ）のあるごとく青く灯れり錐寒（きりさむ）の朝

雪を掘り藁をめくりて大根を取ればしんしん甘さうな冷え

「雨返し来るはンで早ぐ家さ帰れ」吹雪の先駆けする冬の雨

葦笛の調べは絶えて雪童子・風童子こよひ眠りたるらし

朝霧の果て八甲田連峰の明かりて金の紗幕ゆらげり

津軽野を岩木嶺をおほふ朝の雪　神の宥(ゆる)しのやうな新雪

氷点下十三度の朝プラチナのひかりをまとふ聖なる雪(サント・ネージュ)は

あとがき

　この歌集には、二〇一〇年から二〇一七年までの四三〇首を収めました。勤務する高校が中高一貫校となり、初めて中学校に配属されて過ごした時期の作品です。中学生たちの〈真っ直ぐ〉に戸惑い励まされながら、生徒の六年間の成長を見守ることは大きな喜びであり、おのずとものの見方がやわらかくなったように思います。また、この期間、コスモスの選者としてさまざまな人生に接したこと、東日本大震災が起こったこと、何人かの歌びととの永別があったことも、私にとって大きなできごとでした。

『サント・ネージュ』は、私家版、自選歌集をふくめて、私の五冊目の歌集となります。歌集中の「逃げ水のさびしさ」は自選歌集と重複しますが、人生の節目となった事柄であるため再録しました。また、会話の箇所と、生徒の目線で詠んだ「き・ず・な」の歌は現代仮名遣いにしています。

歌集を編むための選歌は、創作姿勢の甘さを痛感する一方で、深い感懐に包まれる作業でした。子どもたちの笑顔、津軽の風土、滋味深き酒。そして、多くの方々の支えに心から感謝します。生を愛おしむ心を創作の原点として、これからも表現の可能性を模索していきたいと願っています。

福士　りか

二〇一八年三月

著者略歴

1986年コスモス短歌会に入会。

歌集『朱夏』『フェザースノー』『〝り〟の系譜』

『福士りか歌集』（自選歌集）

コスモス短歌会選者、現代歌人協会会員。

歌集　サント・ネージュ

コスモス叢書一一三七篇

初版発行日　二〇一八年五月一二日

著　者　福士りか
青森県平川市日沼高田二七—四（〒〇三六—〇二三二）

定　価　二五〇〇円

発行者　永田淳

発行所　青磁社
京都市北区上賀茂豊田町四〇—一（〒六〇三—八〇四五）
電話　〇七五—七〇五—二八三八
振替　〇〇九四〇—二—一二四二二四
http://www3.osk.3web.ne.jp/~seijisya/

装　幀　濱崎実幸

印刷・製本　創栄図書印刷

ISBN978-4-86198-404-4 C0092 ¥2500E